歌集

改元前後

2016—2019

兼築信行

花鳥社

亡き実母に捧ぐ

歌集

改元前後

2016—2019

兼築信行

花鳥社

目次

＊歌は歴史的仮名遣いで記していたので、詞書・左注も歴史的仮名遣いに拠った。
＊歌頭に通し歌番号を付す。括弧内＊印は、重出歌・関連歌など。

二〇一六年

長年松江に、独り暮らしてきた老母が、栄養失調症のため動けなくなつてゐるとかかりつけの病院からの連絡をうけ、十一月十九日、妹とふたり急ぎ松江へ赴き、無理やり説き伏せて、翌二十日、身ひとつ、母を南浦和の小宅へ連れて来る

001
ひとりすむははの不調をきくからにものもとりあへず飛行機にのる

002
自活していきゐることにかまけたりわれの迂闊はさはさりながら

003
たらちねのははのみあしをさすりつつうべなひがたきことをつげやる

004
せがれひとりむすめがひとりひとひかけておやにしひたるいまできること

005
あきらめてくれつつあるをうれしやとおもふこころのにがくもあるかな

006
生をうけやそとせあまりくらしこしまちをすてしむたちまちにして

007
こころにはうけとむるまもあらばこそやがてすてさるこのふるさとを

008
おいてゆくはははのいませばとほからずこのひくべしとおもひしものを

009
仏壇にちちの位牌はのこしおくもつにおよばずはははのたまへば

010
灯明はつけたるままにせよといふことばのままにけたずきにけり

011
おひたちしいへのめぐりのあき土地をふきぬくるかぜのおとのさびしさ

012
搭乗のまちあひのテレビちちとこが心中とつぐ介護づかれに

足はむくみ動けない母を、娘が使って居た部屋に寝かしつけ、世話を始める

013
ははのめすおものとおもひひとくちにきりそろへたりあさげの支度

014
とりレバーみによしときつきぢなるみせにてもとむ上モツ三百

015
くちにあふとそれもことわりわがあぢのもとをたどればははのて料理

016
本当にだれかと御飯たべるのはうれしきこととはははのたまふ

017
ちちゆきてとをとよとせをひとりきりで食したためてとりてきたれば

018
御飯どきにはなしできるはしあはせとおなじはなしをくりかへしゐる

019
いかばかりさびしかりけむなにひとつわれをうらむることはいはずも

020
おのがためつくりてくれるさらかずにだんだんといふおくにのことば

注云、だんだん、感謝の意を表す出雲弁

021
だんだんとはははのたまふおもはゆしともにくらせるひはともしくて

022
ともがきもうからやからもきえゆきてゆかりはうすくなりもてゆけど

023
ふるさとをうしなへるひとあまたあらむわれもそのつらにいりぬとおもほゆ

024
わがまつえわが鎮魂の地とねがふこともなしくもなりはてぬるか

注云、松江出身の詩人入澤康夫の詩集、わが出雲・わが鎮魂

025
しみじみとしじみのしるをすふときしみにしみしみてまつえはこひし

十二月二十四日、諸手続きのため単身松江へ行き、翌日、雨の中を帰京

026
ふるさとをおもひすてゆくわれをしもなきておくるかまつえのあめは

母の言ひ付けにより、松江からいくつかの品を持ち帰る

027
まつえよりわれもちきたる経かたびらははうけとりぬおしいただきて

028
おいしははは保険証書をわれにしめし葬儀費用をまかなへとつぐ

029
しに支度すでにととのふ戒名もうけ位牌までつくりおかれて

同月二十六日、筑波大学教授、石塚修氏より

030
たらちねのははとのわかれなくもがなちよ千歳のよはひあれかし

注云、伊勢物語、第八十四段

返し

031
ちよともといのるおやのこさりながらつねなきかぜはやむときぞなき

妻、娘とともに、老母を軽井沢へ連れて行く

032
しもにたのネギをシモネタネギとつまいひまちがへてをかしかりけり

注云、下仁田蒟蒻を言い間違へたらもつと意味深だつたねと、一家笑ひ合ふ

二〇一七年

酉歳、老母は歳女である

033
たれしもがゆくみちなりとおもひつつおとろへゆくをいかにかもせむ

034
うまれやみおいてしぬるを四苦といひ粛粛として苦にしたがはむ

035
くちにいだすことのはしばしざらざらとこころをけづるやすりならめや

036
としをんなのははのたまはくすめろぎはおきの毒なりよはひおなじく

037
いきてゐるただそれだけで意味ありといふたはごとをむなしとききつ

038
おうなさびおうなさびするみのうごきことのいひぐさときににくらし

039
たらちねのははのこのめるあぢをしもしたためうるはここにあればこそ

040
処方されし薬効いちしるしとつげて安堵せしめつ方便なれども

041
おいのみにつくるくすりもすべもなみこころのいくさたたかはむとす

042
わがままにわれはいきてはこずといふさいふわがままあやにくにきく

043
ゆくみちぞわれもはたまたゆくみちとおもふものからにがくもあるかな

044
したためし食ののこりをはからひてうれひよろこぶひをおくりつつ

045
一心におもひめぐらすつねひごろ老母はなにをこのみ食せし

046
つひにきた到頭きたとうれひがほにおいたるはははつぶやきたまふ

047
あしをさすり遠慮なせそといひかくればさういふものぢやないよのこたへ

048
別にほめてもらひたくなどないけれど非難されたくないわれがゐて

049
サツマイモとカボチヤをあまくにあはせよとのたまふからにただにつくりぬ

050
迷惑をかくとはいふさにはあらずおほ迷惑とゐみてこたふる

051
半月ぶりの風呂よりあがりははゆのよごればかりを気にかけたまふ

052
個人差のおほきさにまどふおいのさかときおそきをばなにかさだむる

053
たらちねのははの転入とどけいづとかくのことをおもひさだめて

054
あさげのみめすははなればおもひいれてつくるお菜のかずもかぎらず

055
蝋燭のひのきえゆくをあからめずてをこまねきてみつめゐるわれ

056
蝋燭のかずやそあまりみつなればたつるひまさへいまやとぼしき

057
ターミナルケアとおもひぬターミナル駅のホームに電車まちつつ

058
改札のまへいもうとまちあはせはのありさまつぶさにつたふ

059
あにひとりいもうとひとりわがははのはらをいためしこはふたりのみ

060
如泥いしのほとりにゴズやアマサギをつりせしひびはとほくさかれり

注云、如泥石とは小林如泥考案といふ宍道湖の波消石

061
おいのすがたみせつけむとてことさらにいればはづしてわれにしめすか

062
こころやすくしにたまへははむねのうちにくちにいだせぬことをつぶやく

063
いくばくの羞恥あればか体面かしものしくじりかくすおいびと

064
夜尿症になやみしこわれたらちねの汚物きたなきものとおもはず

介護の気晴らしに、名店を訪ね、味を楽しむ

065
まつやいかにもちくるさけとひとしなにそばもたぐりて英世ふたひら

066
やきあがるをじりじりまつもあぢのうちあたひ千金うなぎすず金

駄句浮かぶ

067
考へて剥き始めたる蕗の皮

068
苦労やな九郎判官よし常に

二月となる

069
みとるべきつとめあるべし糞尿にまみれ死臭をただにかぐとも

070
現代人の生活といふはなにもかもよごれにほひをとほざくるのみ

071
いとふべきをはりのときをひるがへし寂滅為楽とうたふ知恵はも

072
最期には一体なにをもてゆかむ辞世もるべき短歌のうつは

073
ねがはくばくるしまずしてしなまほしあるときすつといきがとだえて

節分の日に

074
われは鬱でないのかしらとたらちねののたまふからに鬱鬱とする

075
鬱のひとおんみづからが鬱なりといはぬものなりあやまちなせそ

076
相伝の與謝野晶子のかけ軸はよめにゆづるとそれはよきこと

077
服すべきくすりあまたをしわけをり認知症たるきざしはみえず

078
おもふこととかくあるといふかんがへるちからもどりてさいふにこそは

079
鉄剤とホルモン注射ききめありこはなかなかにしなぬぞなもし

080
いひつくることに脈絡あらばこそ右往左往す孝行むすこは

081
節分の祈祷の料をふりこめばわれも直接おくりきといふ

082
おにはそとまめうちまくひははぢやびとはおにか福かとおもひめぐらす

立春

083
服加減よきにはからひさしいだす茶盌ささぐるははのてほそし

084
はるたつといふばかりにやむさしののそらもかすみてけさはみゆらむ

注云、拾遺集巻頭、壬生忠岑歌

085
おいしははのとりのこせるを食とするたくまずしてのわがダイエット

086
みはほそりくびいできぬとつまはいふつるのくびかはかめにあらずて

日々

087
パンはいやははいへども調理パンをこまかにきりてひるげにあてつ

088
フローズンドライのスープ半かけをおゆにとかせばうまげにすする

089
できあひのミンチコロッケ半分をさらにそへおくのこりてをらず

090
てまかけずこころもいれず支度する食をすなはちゑさとよぶべき

二月六日、東京で観劇のついでにと、老母を松江からお訪ねの方々あり

091
ふるさとのことばなつかし　あげだけん　そげだ　だんだん　あばきませんがね

注云、三句以下、ああだ、そうだ、ありがとう、手に負えないの意の出雲弁

日々

092
おいびとをめぐるいさかひありしよべをそしらぬかほでつまにおはやう

093
おいびとをためつすがめつみつむればわがゆくすゑはありありとみゆ

094
あさまだきひとひのむべき薬湯を煎じしたたむたらちねのため

095
あさまだきあまどあけよとおいびとはわれをよばひぬくらきはいやと

096
あさまだき雑穀いりのめしをたき冷凍しじみとかししたたむ

097
まつえびとあさのおつけのしじみじるおもはずしらずみをせせりくふ

注云、松江人は蜆汁の貝の身を必ず食す

098
汽水湖のめぐみゆたけししじみがひわきてとらるるみとなりにけり

099
まつえびとにくろだぜりにはあらざるもいろあざやかにおひたしいだす

注云、黒田は松江城西方に位置する芹の産地であった

100
ほしがきとちぎり蒟蒻たきあはせおかかまぶしてけさのひとしな

101
いくばくもとらざる食をしたたむるくふかくはぬかかひのありなし

神楽坂のバー家鴨社にて

102
むねにしみるバンドネオンの旋律をさかなにあふるスコッチグラス

103
むねにふかくかくれてをりし感情のとげとげしくもあらはれていづ

二月九日、老母を入浴させる

104 くすりゆの風呂がわきぬとたらちねをうながすほどにころもぬぎさる

105 ゆのよごれかまはないかとはははいふあなたのためにわかしましたよ

106 おいびとのかしらかはかす熱風にそよぐしらがのかぼそさをなく

107 とこにもどりあゝあゝきもちよかつたといへばいささかおもひなぐさむ

108 おいびとにあはせよろづをはからひてやすくしなすがこらのつとめか

母を思ふ

109 長男をそだつる日々にいかならむなやみありしかわかきひのはは

110
こゆゑのやみよるになくつるこはありやもののあはれはしりつくしてき

注云、藤原兼輔、白居易、徒然草

111
おほかたはいにしへぶみにしるしありひとのおもひはかはりえもせじ

ふと

112
あやまつなあやまちすまじあやまちをあやまつなかれあやまちなせそ

二月十五日、今年中に結婚するといふ娘と二人、蕎麦屋に入る

113
せりそばをちちはたぐれりちちのこはゆず大根に蒸籠一枚

114
ひとつにて蒸籠一枚ひとすぢもあますことなくたぐるこなりき

115 そばずきのところばかりは遺伝子にいづかたしらずくみこまれをり

116 ことおやとほどちかけれど距離はおきくらしきたればおもひはふかし

西行忌

117 ねがはくははなのしたにてはるしにしひとのこころをただにしりたし

118 やまにいへしたびにあけくれつきとはないとしむほどにいのちをはりぬ

119 はたちあまりみつなるとしにまなむすめけりて出家としるされてあり

120 われははたこよみのかへるよはひすぎてむすめのとつぐひにあはむかも

娘より、結婚相手両親への挨拶も首尾よくはこんだと

121 たいちやんのものになるのかたいちやんをものにしたのかちちはしらない

122 ははよりもゆきおくれたるむすめはたちちのとしよりゆきおくれたり

123 みじんまくみごとになしてゐるとみゆみづからたつの気概たもちて

124 おや死してのちのうれひもなきあこを孝のきはみとおもひなしぬる

125 ちちと風呂にいりきゆぶねのふちにたちてとびこむむすめちひさくありけり

126 こゆゑのやみよるになくつるいつのよもかはらぬものはおやのこころぞ（＊110）

日々

127
あをやぎのいとよりかけてうでによりかけてつくらむ中華いためを

注云、古今集二六番、貫之歌

128
バカボンやそれでいいのだパパなのだみやこの西北わせだのとなり

129
バカバカやバカバカバカバカやバカバカバカバカやバカボンのパパ

注云、明恵上人歌

130
おいびとのいきゐるうちはあこひとりとつぐまではとおもひやすめむ

131
したきとおもひしことはあまたあれどさて死といふをおもひとかれず

132
極端にあさ型のひととみはなれりよひのできごとおぼえもあらず

ふと、ゴンドラの唄の一節の替え歌が思ひ浮かぶ

133
いのちはながし　あるけよおばば

暁に

134
みじかうた自我のうつはにかぎるまじメールともなるフイクションもある

135
よのなかになきものはなしなぜならばひとはばけもの西鶴の言

注云、西鶴諸国ばなし

136
ばけものはよにおほけれどかみほとけわれのまへには現じたはまず

懐旧

137 ジヤズをふみ階段おりてまたおりてドアをひらけばＣＡＴのやみが

138 ジヤズをきくことならひたる学生のころすみをりし新宿のよる

日々

139 おいびとにさしいだす盌さりがたきわかれののちはかたみとならむ

140 かなまりになまりをもりてむねのうへにおかるるごとしけふもきのふも

娘との結婚の許諾を求めに来る

141 三十余年まへのわがごとむすめさんとの結婚ゆるしてくださいといふ

142 このいへをわれおとづれきてみやげにまつえの銘酒豊(とよ)の秋(あき)もち

143
われこのむさけとききてか球磨焼酎川辺(かはべ)の一升瓶をたづさふ

144
みそぢちかくたつきもおのがじしなればゆるすもなにもいふことはなし

145
一抹のさびしさよぎるただひとりわれもちえたるむすめにしあれば

146
百八のバラたまはるとそはやがて煩悩をともにいきむといふか

147
ちちが姓えらぶといはる十五石四人扶持なるかちのいへすぢ

雛人形を出す

148
このあきにむすめがもちてゆくひなを三十度めといだしかざれり

149
せばきやにもてゆくこともあらむかと一刀ぼりのひなあつらへき

三月三日

150 ゆふげにはおひなまつりのちらしずしつくるよとつぐ老母ゑまひぬ

151 はるされればつみきてつくるふきの薹味噌なきちちのあぢさながらに

152 ははのめすおつけにはらりふきの薹はるのかをりをおとしうかべて

心境

153 おいのすがたおいのしぐさをみにくしとおもふわれありうちけちがたくも

154 自閉症の番組をみておそろしくひとよいねずとかたるおいびと

155 とをあまりやつにておやのもとをはなれながく孝などつくさずにきぬ

156
ひびのつとめみへのまがりのごとくしてつかるるとてもへこたれなせそ

注云、景行記

157
ただひとりもちえたるこのえにむすびかたむるひとひあはあはとすぐ

椿山荘にて、娘の結納

158
しほどきといふことばありうみのしほみちくるごとくさちえてしがな

159
就活に婚活はては終活とアクテイビテイもところせきかな

160
たていとはつれあひのあねぬきいとはわがいもうとににたるおもざし

161
たして二でわるはいひえて妙とおもふもちえたるこのおもながめつつ

162 ひとなみにありえたことをしあはせとこころにしみておもふこのごろ

163 こゆゑにこそよろづのあはれしらるれとつれづれぐさにしるされてあり（＊110）

164 ひとのおやのこころのやみもはれわたりはやざきのはなにほひてらせり（＊126）

165 わがいへのくしいなたひめしかならばつまはてなづちわれあしなづち

注云、奇稲田姫は素戔嗚尊と神婚する

椿山荘懐旧

166 えにむすぶこととこともしらず院生と学生としてこし椿山荘

167
としだまではじめてかひし研究書の著者にひきゐらる陽明文庫展

注云、著者とは故橋本不美男先生

168
二学年うへとおもへどいつしかも博士課程は同年次生

169
助手二人副手一人の専修の助手と副手が結婚をして

170
堂々と博士課程を中退すくはねばならぬつまをえたれば

春の彼岸

171
ひにそへて死はしたしくもなりてゆくあるあさいきをせぬわれがゐて

172
おいびとをまのあたりみるひびのくらしおのがしぬるひおもはざるやは

173 ぼたもちをみつにきりわけこねなほしははの彼岸のおものにあつる

174 もとめこし群馬のまめをふやかしてにあげてははのおものにそふる

175 すな時計のすなおちてゆくひとすぢにおそくもならずはやまりもせず

老母を定期通院に連れて行く

176 テレビみるよりほかなにもできることないではないかおいびとはいふ

177 処置室にちをぬくあひだ看護師とはなしつづくる間断もなく

178 御機嫌がわるくてはなしかけられぬとそはつまりこをなじることのは

桜咲き初める

179
はなしあひてなきがふるさとすててこしゐなかおいびとつらきとさとりぬ

180
さきそめしさくらひとえだたをりきてははの箪笥のうへをかざらむ

181
おいびとのおいの孤独をいかにしてなぐさむべきやてだてしらずも

182
こむとしもはなのさかりにあはなむとさすがにおやのこはおもふなり

183
はなちらすかぜにふかるるかたはらのははそはのははねにかへるひは

注云、千載集、崇徳院歌

184
念ずとはいのることかは我慢することも念ずといふにぞありける

185 いつまでも未来はあるとわかきひにおもひしことははかなかりけり

186 順番にしぬはよけれど最後までみおくるつとめおふはうたてし

187 とびたしとはははさけびぬしにたしといふ意味ならめ勝手にさけべ

188 順番にいくとまだあと三人をみおくるつとめありとつまいふ

娘の結婚準備

189 ウエディングドレスをえらぶおほきなるかがみのまへのむすめのせなか

190 ははのこはははのなかばをまざまざとうけつぎてゐることにたぢろく

191 感慨といふよりほかにあらはさむことばをしらずいまのおもひは

四月末日、老母の要介護認定・要支援認定等結果通知書届く

192 よのつひえあひすまぬといふははにつぐ保険の料はしはらひてゐる

193 デイサービスにゆくのもよろしよこになりひねもすテレビみてゐるよりは

194 おいびとのおいの孤独をいたきまでおもひしりつつつめたきしうち

195 すな時計おちゆくすなのいつしかものこりすくなくなりにけるかも（＊175）

196 しうとめとよめはさすがにむつかしやいたにはさまるせがれでつまは

197 赤飯をたけとははいふそのゆゑもわからぬままによめはしたがふ

198 かほとかほつきあはせゐるひびのくらし孝行むすこをつらぬきがたし

199 このままぢや鬱になるかもおいびとの強迫めけるあさのひとこと（＊074）

200 鬱のひとがみづから鬱といふものか勝手にさらせこゑをあららぐ（＊075）

201 ははのこのむ野菜ジュースの銘がらをききいだすのもやれひとしごと

202 いくとせもおもひはかりしこともみなひとまばたきにあわときえはつ

眼鏡を新調する

203 みぎのめでものをみてゐるみぎのめがききめといふもなにやらをかし

204 みぎのめとひだりの視力極端にちがふといはるかたもこるこる

205 とほくみるなかほどをみるてもとみる調節機能おとろへたりと

206
はねあげ式めがねをえらぶいまはなき井上宗雄先生のごと

207
藤平春男橋本不美男井上宗雄をのつくみたりわれが三尊

五月となる

208
もろもろのことわざつねもなきことはいにしへぶみぞしかとしるせる

209
すれちがふまじとおもへばねむたがるつまいだきよせしひるくちづけ

210
わかきひのかけらといふもおいのみのかたわれなるはまぎれもあらず

暁の望郷

211
ふるさとをすてよといふかははそはのははもゐまさぬみづのみやこを

212
ときひの感慨ひとつむねにありただ感慨といふにすぎねど

213
つひにわれはあなたひとりのものでありそれはうごかしがたき真実

214
ねがはくはみづのみやこのたにのおくやまのうへなるはかにねむらむ

215
われ死せばたにのおくなる菩提寺にほねをさめてよつぼにはいれず

注云、菩提寺は松江市奥谷町にある臨済宗妙心寺派萬壽禪寺

216
ちちははのほねと一度もあはざりしゆかりのほねとつちと化するひ

ケアマネージャーと契約

217
あらたしきことにふみいだすひとあしはかるくはあらじおいのみにして

218
しのぶれどいろにいでにける不機嫌をよみてしのぶるわれにぞありける

注云、百人一首、平兼盛歌

219
みひとつにおふにはしかじそれぞれのおもふところはそれぞれなれば

220
おもき架をになひてをかをのぼりけるひとありわれはほどとほけれど

注云、ゴルゴダの丘の故事

221
おしあげしいしころがりておちぬるをふたたびはこぶ無限不条理

注云、カミユ、シーシユポスの神話

222
さいはひにひとのいのちはかぎりありとこしへつづく苦はあるまじよ

六月となる

223
ついであるときでよいがと遠慮がちにサイダーねだるなつのおいびと

六月七日、老母、初めてのショートステイへと赴く

224
ショートステイはじめてむかふはははのてにはのあぢさゐきりてもたせつ

注云、初句、デイケアにとして、NHK介護百人一首二〇一七に入選
庭の紫陽花は、熱海双柿舎の渦紫陽花を挿し木で増やしたもの

虫を

225
タマムシの上翅のかけらその生にかかやけるひのありしかたみか

226
さけのあてシホカラトンボしほしほとうちうなだれて酔後はからし

介護事業に従事する同窓、西尾信太朗君へ

227
ははそはのははの介護にみぎへゆきひだりへゆきつしるべせよきみ

私の誕生日

228
むそぢあまりしきかさねたるおいのなみおひおひわれらうらがれてゆく

蜆汁

229
まつえびとにしじみのしるをたてまつれしほみづまじるしんじのうみの

230
ふるさとのしじみなつかしえきまへの鮮魚のみせにそをかひにゆく

注云、啄木歌

231 どろしじみすな地しじみをみてわけていきのよしあしさらにみさだむ

232 このしじみはダメとまうせばみせのおくゆもちいだしくるロシアおほしじみ

233 しみじみとしじみのしるをすふときしきもにしみいりまつえこひしき（＊025）

松江にて

234 しんじ湖をしじみのうみとおもひなすみづのふるさとあとにするひに

235 やくもたついづもほしがきはこづめにほしがきつるすそのほしがきを

注云、素戔嗚尊歌

八月十八日、娘入籍

236
ひとりむすめ婚姻とどけかきをへてにひづまのちちはいものつるにる

237
かねちくといふはまれなるうぢなればゆめゆめはぢをゆめなかきそね

大学院の合宿、鎌倉散策

238
くものすをみたびおもてにはりつけてためすけはかへいはの段ふむ

注云、冷泉為相墓は、鎌倉、浄光明寺内にある

239
はれのうた褻（け）のうた褻の字けとよむを猥褻のせつといひなすばかり

文学部日本語日本文学コース合宿に参加、軽井沢へ

240 やうやくにあつさをさまるしなのなるかるゐざはへとおもむくあさは

241 関越ゆ上信越道とばしゆけばかるゐざはいくばくならず

242 かるゐざははちみつレースいりえごまローストビーフみやげもとめむ

243 うた会をもよほすはずがかたければ句会に変更したりのしらせ

244 句をつくる才なきもののもありなましみじかきもののはやすしとかぎらず

245 入学の試験改革せよといふ記述のとひに短歌つくらせ

246 短歌とはまぎれたがはず文なれば記述のとひにいとつきづきし

247 すな時計のすなのおちゆくありさまをおいをいくるにかさねてぞみる

時局

248
いままでに経験したるなきといふ予測とやらがやけにつづきて

249
いそとせにひとたびくるの事態などわかきものらはおもひはかれじ

250
アラートやあらら不思議の警告がのどかにひびくをさまれる御代

251
時局がら博士の異常な愛情をながしてゐたりケーブルテレビに

252
いのりても平和はこぬがうつつならばてをこまぬきて坐してをられず

日本語日本文学コースの合宿にて

253
つきのものをパンにすはせてくひたしとこふ客ありきS嬢はかたる

254 ひとはげにばけもののよになきものなしとおもひうかびぬおひわけのよる（＊135）

255 あさましやあさまのたけのふもとにてかかるはなしをきかむものとは

256 杏子より有無が肝心かまめしのうづらたまごにまさるたまなし

注云、峠の釜めし

旧軽井沢にて

257 旧軽のおくのそばやにあぢのよきえごまをふくろふたつもとめつ

258 かるゐざはデリカテツセンしあはせてローストビーフ上を三百（＊014）

259 わがつまになにかもとめむおほしろのレースのみせにこものをさがす

260
籍いれしむすめはちみつほしといへば千CCのおほ瓶をかふ

横川SAにて

261
妙義山をのぞみ地もとのしなじなにいとおほきなるまひたけをかふ

262
たらちねのははへのみやげ福だるまおほきからぬをなにしおへれば

注云、老母の姓は福間

九月に入る

263
電子メールシステムかはるものうくて長明のごとよをばすてたし

264
マリメツコのはなのひとみにとらはれてみぢろきならず無明長夜は

265 封きらぬてがみがおもくふたつみつかさなりてゆく九月のはじめ

266 ひとのこころかすかにうごくたびごとにたちまちふえてゆくきずのかず

述懐

267 おいびとにもとめらるるはしぬるまでいきゆくほどのおのがかひ性

268 みとりてふテレビをみたり死にいたるみにあらはるるしるしをしふる

269 もとめこしローストビーフひとひらがしばしをいくるちからあたへつ（＊258）

都電の車中にて

270 十一時集合とあれば半時間はやくぞむかふ土曜業務に

271
こみあはぬ都電車内をみたせるは老婆のにほひひとりごつこゑ

272
かろがろと庚申づかをすぎてゆくトラムとともにあきのかぜたつ

述懐

273
なすべきをなさざるままにすぎゆきてひもゆふぐれとなりにけるかも

274
しのこせることのかずかずおよびもてをりかぞふればあきのゆふぐれ

275
こころうきことのみつもりみじろきもかなはぬほどのところせばさよ

京都

276
六地蔵ゆきが六輛まゐりますホームアナウンスなぜかをかしい

述懐

277
かはらざるうつしごころをもつひとのつよさともしと切(せち)におもひつ

278
いにしへのふみこぼたれてゆくなればひとまたこはれゆくものならむ

279
なにごともなさずもとめずひたすらにいきするのみのいくるかひとは

280
おこたりにたゆむこころをやまふみにかこつけむとすあさましやわれ

281
なにものかにならむとあがくひびなつかしなしうるはかもみゆるいまには

282
うつしよのいづくにおほしたてられしわがみかとおもふあはれなりけり

秋学期の準備

283
四条のみやとのもの集をこのあきはおとなしきらとよまむとぞおもふ

284
いかならむおもひをもちてみづからの生をあみけむ十一世紀びと

285
人文学あきらめゆけばむかしびともいまにかはらぬひとたりしこと

286
文学部文学・部にあらず文・学部うべしうべしとふかくおもへり

287
ひのもとのくにover
にくにつちかふさまざまをおもひとくべきたねはおほかり

敬老の日

288
けふはさはおいをうやまふひにはあれどみづからいはふほかてだてなし

289 千歳のおいいははむと洗剤を配布す社会福祉協議会

身体不調となり、述懐

290 ひだりみはすべてしびれて心の臓にいたみはしれりはやおむかへか

291 たふれなばよくよくさまをたしかめてておくれとなるほどをはからへ

292 おいのみはいつみまかるもあやしくはなきものならむむそぢすぐれば

293 ひとりえしむすめもつまをもちたればよにおもひおくなにごともなし

294 わがむくろやきてくだきてうみにまきのちわづらひとなすことなかれ

295 しぬるまでいきゐるおやをしぬるまでいかすすなはち孝といはむや

296 きみしなばははの面倒みるものかつまのことばをはげましときく

297 おほほしきはうたにあらずははらへずとやかもちの言むべとおもひぬ

注云、万葉集巻十九、悽惆之意非歌難撥耳仍作此歌式展締緒

298 意味のある生とはかくもところせきこととさとりぬ八月九月

老母の有様

299 貧血は改善されず動脈に瘤ありといふそれがどうした

300 仏壇にちちの位牌はのこしきつもつ用なしとはははのたまへば（＊009）

301 とりがなくあづまのくににこしひよりつとめの経もよまずなりにき

302
しなのなるかむりきやまのふもとにてよきゆにつかりしにたきものを

注云、冠着山は姨捨山

303
ストレスをつねに感じてゐることがすなはち孝といふことならむ

304
おやをおもふたえまもなくておやをおもふおのれをころしおやおもふべき

305
戒名もすでにえたればやすんじてむかへをまてといひてやりたし

総選挙あり

306
めしをたきかほをあらひてはをみがきお菜したためテレビつけたり

307
かしがまし世上乱逆総選挙老母投票することはなし

九月二十九日、妻の恩師秋永一枝先生逝去、享年八十九

308
秋（あき）かぜに永（なが）くたもてる一枝（ひとえだ）のこのははとほくとびさりにけり

国を憂ひ、述懐

309
少子化のゆきつくはてはいへじまひはかじまひはた海洋散骨

310
うまのほねもうれしきよなり一系のちすぢもたゆるおそれあるくに

311
ひのもとにながくつづくは日本語と天皇それに短歌ぞとおもふ

312
日本語と天皇短歌しきしまのやまとしまねに永劫つづくや

313
ささなみやしがのひとらのみじまひは海洋ならぬ湖上散骨

314 わがほねはできうるならばふるさとのしんじのうみのしじみのえさに

315 正直にまうしあぐればばばぬきのくらしなつかしてぬきのくらし

松江なる平田江美氏へ

316 はなはいまだつぼみむすべるカメリアにかめだおしろのたにをおもひつ

注云、亀田山なる松江城内に椿谷あり

また述懐

317 デラシネとなりしみなればしだらなくふるさとおもひなくひのみなり

318 よのなかのかたかたにゐてくちにのりぬりうるほどのおあしえてしか

娘を思ふ

319 ただひとりわがもちえたるあこのなは人麻呂歌集のかなにちなめり

320 しきしまのやまとうまさけみわのやまこをなしてのちふりさけてみき

321 みつとりゐたぐひよろしくゐならべりわれらみたりのうからのごとく

和歌文学会大会参加のため、宮崎へ

322 おほもののぬしすくなびこなにおほなむちいづもにゆかりふかきかみがみ

冷泉家時雨亭叢書完結記念祝宴を欠席の手紙に添へる

323 牧水のききてそだちしせせらぎはみにしみしみてゆかしかりけり

324 ふみくらのたからももちのまきとなるくめどつきせぬいづみのごとく

深酒する

325 がんがんとのみはじめたる一升の二升のさけのあきのゆふぐれ

服薬の副作用に苦しむ

326 一錠のくすりがあはずのべ三日もののもくはれず二キロやせにけり

327 血糖値さぐる薬効むべしこそ糖をとらずはあたひもさがる

328 あさひる晩椀もるばかり服すくすりヤクに依存すわが人生は

329 おいのみに三日の下痢はとりかへしつきがたきほどこころなえゆく

330 かくしつつおいさらばへておとろへてやがてしにゆくものにぞありける

331 このひごろしぬることのみおもはるるわがはかどころとほきふるさと

日々

332 いまありしことはわすれてよそとせもむかしのことはありありおぼゆ

333 厄介なこと二時間でをふるわがてぎはすてたるものにもあらず

334 遺恨あるしうちをききぬ溜飲をさげてこのよをいきむとするか

335 おひつめていかにかはせむ退却の便宜あたふるこれぞ要諦

336 たたかひはてもちの兵と武器によりなすよりほかのてだてあるまじ

337 礼譲といふことばきくひのもとのひとのあるべきもとゐなるべし

338 富士のねに不死のくすりをやきすてしみかどのこころきみはしらずや

注云、竹取物語

十一月五日、米国大統領訪日の日、六本木出雲大社東京分祀にて娘の結婚式

339 みわやまをしかもかくすか新郎もこころあらなもかくさふべしや

注云、万葉集一八番、額田王歌

340 むつのきのいづもやしろにえにむすぶそらにとどろくトランプのへり

341 さびしさはさはさりながらいまどきの華燭の典に過食となりぬ

342
めでたさも中くらゐなり籍いれてはやふたつきもすぎし挙式は

343
この婚もすぎにけらしなみわやまのうまざけたべていねむとぞおもふ

344
うまさけをみわのかみすぎふときにそそぎてむすぶえにぞゆかしき

345
しきしまややまとうたがひなきことはみわのかみすぎすぐるふときき

346
いつきこしみわのかみすぎおひそだちともにさかゆけしきしまのみち

347
たいちゃんのものになるのかたいちゃんをものにしたのかちちはしらない
（＊121）

348
いろいろのにもの首尾よくしたたむるむすめ挙式のまたのあさげに

349
ことのはをおくるすなはちそのひとをおもへるときのありしるしぞ

ふと

老母

350
要介護2といふははもみじまひと化粧念いりにデイサービスへ

老母、年内最後の定期通院

351
としのうちのははのしまひの医者がよひかろき歳暮をたてまつりきぬ

352
おいびとのみの世話やきにひとひくれてぼやぼやできずゆふげの支度

353
我慢といひなにあきらめてなにをせずときうしなふかさもあらばあれ

354
ふゆびえのキッチンにたち長子われははのおものをいそぎしたたむ

355
あさはかなるおもひはなきにしもあらずみははづかしのもりのしたつゆ

356
たのしみはいづもやきなる茶盌にてめざましぐさをたててのむとき

注云、橘曙覧、独楽吟

357
ひはくれてこころうためくときしもあれげにしたはしき曾丹後のきみ

注云、丹後掾曾禰好忠

二〇一八年

元日

358 わたくしが愛するひととわたくしを愛するひととくらしつづけむ

七草粥の老母食

359 せりなづなすずなすずしろはてはてはほとけなるべきははにぞありける

360 なきちちのえてとつくりしふきの薹味噌をいだせばははめしにけり（＊151）

大雪、戯笑歌

361 おほゆきにやどをたちいでてながむればいづくもおなじあさのゆきかき

注云、百人一首、良暹法師歌

362
ふりつもりゆめかとぞおもふおもひきやゆきかきをしてこけるべしとは

注云、伊勢物語

363
つるつるとすべるばかりかあしもつるゆきの難儀をみにうけつるかな

うっかり左右違ふ靴を履いて家を出た

364
ひだりみぎことなるいろのくつはきてむそぢあまりのおいをしりぬる

述懐、いささか戯笑

365
あさかやまかげもすがたもやみはててあさましきまでおとろへにけり

366
期日あることたてこみてこころうくはかもゆかねばふてねしてみる

367
かくしつつさてしもあるべきことならねば平曲ならでへいこらとする

368
をのこやもむなしくなりぬよろよろにさをもふぐりもみもたずして

成績締め切り日近づく

369
大学のかどにたちいでてながむればどいつもおなじおれに優くれ（＊361）

370
くれやくれ優も可だにもあつめねばよくもあしくも卒業のせき

蕎麦をたぐる

371
ちはやぶる神田やぶそば天あがりこころたのしもひとりしたぐれば

介護百人一首放映

372
こゆゑにこそしらるるあはれおいびとを介護のひびになほふかくしる（＊224）

日本橋しまね館に、松江物産をもとめる

373
まつえびとははのおものにくはへむとめのはのやきをもとめにきけり

朝餉の支度

374
たまごやきいとふくらかにしあぐればけふのひとひをいきうべくおもほゆ

375
めしをたき菜したためてしるをつけのち茶をたつるひびのただごと

二月二十三日、介護計画のミーティング

376
たらちねのははの介護にたづさはるひとらつどひてうちあはせする

早稲田の大学院へ進学する、同志社の学生御手洗靖大君へ

377　関西に院進といへど東京は入院といふめでたきことかは

松江を想ふ

378　如泥いしにさざなみよせてあけわたるしんじのうみをしじみぶねゆく（＊060）

379　ねぼとけのやまのすがたぞなつかしきうまれそだちしまつおふるえは

注云、和久羅山、嵩山の山容を寝仏に見立てる

380　伯耆なるいづもふじやまあさやけにさやけくもみゆはしのうへより

注云、出雲富士は伯耆大山、橋は松江大橋

381 たにのおくきはまるところ萬壽てふ禪院にありわれがおくつき（＊215）

382 ほりかはのにごるみなもをゆくをぶね一羽のさぎのかたはらをすぐ

383 あめはふるみづのみやこのあさまだきからころ下駄のおともきこえず

注云、水の都に雨が降る

384 一陣のかぜふきぬけてかはぞひのやなぎしだりえゆるるゆるゆる

385 京といふなのはしづめに琺瑯のたらひならべし金魚うりはも

386 もろもろのまがごとうつすひとがたにしわよるばかりしあはせはあり

注云、水無月祓の風習

馬場下交差点上空に、飛行機雲を見る

387
馬場したの飛行機ぐもは血闘にかけつけてゆく堀部やす兵衛

老母へ呈茶

388
松露亭のこづち茶盌にたつるくさのめざましきまでまつえこひしき

注云、松露亭は第二十三代田部長右衛門、島根県知事

389
そのそこにはなきみしまほり茶盌みづはぐむとぞなづけたりける

国立新美術館に、至上の印象派展を観に行く

390
ルノワールのイレーヌ・カーン・ダンヴエールあひにきにけりはるののぎざか

391 イレーヌはやつでありしかそろへたるてくびむべしもほそやかにみゆ

蝶五首、昆虫学者になりたかった

392 アカタテハふゆのひざしにちからなくやぶれしはねをつくろひもせず

393 ひをいとふジヤノメのてふのかくれまふくぬぎばやしにゆふぐれのやみ

394 すくよかにちからやどしてとぶセセリあざみのはなにとまるみつすふ

395 ひさかたのそらよりくだるゼフイルスははねのおもてにひかりとどむる

396 よそながらみやるたかえをはがくれのはねおとたかしアヲスヂアゲハ

蜆汁

397
しじみじるすへばすなはちこぬひとをまつえのあさぞただにこひしき

同志社大学から大学院に進学する御手洗靖大君へ、長歌

398
ひむがしの　みやこのいぬゐ　なかてにも　おくてにもあらぬ　はやおひの　いねのなをおふ　まちにたつ　ときをきざめる　たかどのの　わきにつづくは　おほくまの　とほりにのぞむ　ねやどころ　きみがきませる　つるのくび　ながくのばして　まちてゐるらし

卒業式

399
はなはさきぬけふ業をへていでゆくをみおくるわれにはるのひはさす

400
業ををへいでたつひとらいくたびもいくいくたりもおくりきたれど

老母へ呈茶、雲善の大根茶盌

401
むつのねをいときよらかになすといふみことゝなへて茶すするははは

注云、六根清浄

桜

402
おいらくのいたりいたらぬさとはあらではなのさかりはめぐりきにけり

注云、古今集九三番歌

403
はなみればものおもはずといにしへのうたにはあれどさはさりながら

注云、古今集五二番歌

404
とぶとりのあすかのやまもほどちかしセキネ焼売たづさへてみむ

注云、北区飛鳥山公園

405
あふさかのセキネ焼売たづさへていざといはめやはなのふるさと

406
あふさかのセキネ焼売たづさへばひとのとがむるかぞにほひける

407
はなのまをもりくるつきのかげみればこころうきたつはるもたけなは

注云、古今集一八四番歌

408 あたらよのつきとはなとをながめやるこのしたかげにゆきはふりつつ

409 ねにかへるはなひらひらとちるなへにつきかげさしてゆきをてらせり

410 あさとあけておどろかれぬるさくらばなよのまのかぜやはこびきにけむ

411 うすくこくちりしくはなのゆきみればよのまのかぜのしわざとぞしる

412 あさぎよめしばしやすらふみちもせにちりしくはなのゆきのあけぼの

昨宵、町内会花見に得た豚汁を、老母朝餉にも流用

413 はるのよひもらひすぎたる豚じるをゆふげあさげとたてつづけくふ

松江の桜を想ふ

414 ふるさとのくにのたからのしろやまにけふはなざくらさかりとぞきく

415 まつえなるちどりしろあとまざまざとまなことづればみゆらむものを

416 ふるさとをすてがたくしてすてはつるおきなとわれもつひになりけり

417 やくもたついつもおもへりはてはてはわれのをさまるおくつきどころ

418 しぬるまでまめすこやかにありたしとのこるさくらもちるさくらばな

注云、良寛辞世句

419 ねにかへるなごりのはなのすゑのすゑもだしてゆかむくちもはてなむ

述懐

420 しきしまのやまとことのははかなくてよみかさぬればものぐるほしく

421 なほつづくいくるたつきやありがたきうしとみるよものちやこひしき

注云、百人一首、藤原清輔朝臣歌

422 いきしにはおのづからなるあけくれにとびてさりゆくくろきとりはも

北京より来訪の大学院生、張博君

423 もろこしのひとのもとめにかまくらのみぎのおとどのうたよまむとす

本歌取りのレッスン

424 たひらけくやすらけきときよにありしうたびとのこころいまにかはらず

425 けふよりはいくるたつきにたちいでてにごりにしまむみぞいとはしき

426 しろつつじいつしかさきぬむべやむべすぐるつきひはとむるすべなし

427 なみのむたかよりかくよりよるさへもゆられゆられてゆくへしらずも

神田まつやにて

428 ちはやぶる神田まつやのそばきりをたぐるときはのいろぞなにおふ

429 つるかめとときはかさねてちはやぶる神田まつやのみかどくぐりぬ

世を慨嘆する

430
つかさびとみをあやまちてそしらるるけしきはげにもあさましきかな

431
こわだかにそしるひとらもよきさがはかけらだにすらみとめがたきを

432
ひのもとはいかになりゆくほくそゑむこのもかのものとつくにおほし

433
よものうみみなかたきぞとおもふよによわるかくにはあやにみだるる

成田山参道にて、仏足石歌体

434
よのなかを　あなうなぎやの　みせさきに　せなかをさかれ　ほねをぬかれて
はてはひあぶり

四月十八日、神楽坂カドにて日本語日本文学コース教員歓送迎会

435
ゆふされば歓送迎の宴席にうづらくふなりかぐらざかうへ

注云、藤原俊成自讃歌

修士課程新入生、御手洗靖大君へ

436
くろがねはあつきにぞうつやきとりのくしもおなじくぬくがわせだよ

437
同やんがワセダマンへとかはるともときはめなむしきしまのみち

閨にて

438
はな一輪もとめにゆかむかたはらにふかくねむれるわぎもこのため

439 ぬばたまのくろきにまじるしろきかみえりもてあそびぬかぬままとす

440 むつごとやねやのふるまひセクシユアルハラスメントとならぬ気やすさ

五月となる

441 おいたるをデイサービスにおくりいだしさてこのひとひいかにすぐさむ

442 はやばやとなすべきことはなしはてつさつきの正午エヴアンスをきく

443 なつぞらをながめてゐたりなにとなくひだるきままにときうつりゆく

三越前にて、割子蕎麦を食す

444 やくもたついづもそばきりだんだんにかさねわりごのあぢはひのよさ

朝餉

445 すずしろやよべのさしみのつまのあまりけさのおつけのみとぞなりぬる

446 福茶盌あさのおうすをたてながらおいたるははの福をいのりつ（＊262）

娘夫婦と食事する

447 いもとせのうしろすがたにちちのみのちちのあゆみは遅々とすすまず

448 つばくらめなにおふグリルしろがねのまくをやぶればハンバーグいづ

五月五日、菖蒲湯に入る

449 すでにしてこよみかへりしおいびとも菖蒲ゆにいるけふこどものひ

松江銘菓、山川

450
いくやまかはたべかさぬればひだるさのはてなむことかけふも菓子くふ

注云、若山牧水歌

島根大学、野本瑠美准教授の結婚式に出席、松江へ

451
けふかへるみづのみやこにさだまりてあめはふらむかわがこころにも

452
十八のはるたちいでしふるさとはいやとほざかるいよよますます

453
やくもたついづものくににひごをとこあづまをみなとちぎりむすぶひ

CATの想ひ出

454 新宿のひがしぐちいで階段をおりたどりつくCATのとびら

455 ジャズをふむ新宿のよるAトレイン列車のなかのごときしつらへ

456 サントリーホワイトのボトルおつまみは勝手にジャイアンコーンとりだす

457 コルトレーンをかけてといへばマスターに十年はやいとこばまれたりき

老母の朝餉

458 はまぐりやふたみひらくるはつなつのあさげゆたけくいそぎまつりぬ

日々

459
むねのうちに Libertango のひびくひはみそらもはれて切なかりけり

460
人生のときをつひやしミズのかはむきさらしをりこころたのしく

461
おいのさかさきのみえたるこのひごろものくふことはねもころにせむ

462
このひごろつきとしごろにまぎれなくかかやきうせぬたまひとつあり

老母を朝の散歩に連れ出す

463
けふダービーあさの散歩は公園のうまにまたがるははは八十五

戯笑句

464
青春の胸の痛みやズツキーニ

日々

465
たらちねのあさのおものをいとなみてけふのひとひもはじまらむとす

父の日、戯笑歌

466
ちちのみのちちのひなりとちちすへばちちがちがふとつまになぐらる

松江の野菜

467
ワレットとまつえびとよぶひらさやの隠元まめのさとはいづこぞ

夏至

468
げしげしとひとはいへどもげじげじのわくながきひに源氏ひもとく

老母

469
なつはたけぬそのひざかりのあつきさなかとこなる老母したふとりゆく

470
しうとめとつまと老母とよたりしてくらせるやどを女系といはむか

六月末日、松江なる菓子舗、向月庵閉店

471
けふみせをとづるまつえのしにせ菓子しんじのうみの瑞雲のいろ

病床の石橋一彦君を想ふ

472
いろもよくたまごやけたりみをやまふともにとどけてやりたしとおもふ

卒論指導の折

473
ぬばたまの喪服のごときリクルートスーツをまとひゆけ女子大生

カフエ・ゴトーにて

474
人生はかくもにがきかわせだなるカフエ・ゴトーにのむエスプレッソのごと

海外懐旧

475
ひとけなきなつのひざかりこもりゐてアン・バートンのバラードをきく

476
ニユーヨークあさひをあびてふかぶかといきすひはきしブロードウエイはも

477
ニユーヨークグランドセントラル駅の地下にありオイスターバーの名店

478
オイスターあぢの座標は spicy か sweet なりとウエイターの言

479
フインランドはおとづれたりきあとはトルコ・マダガスカルにゆきてしにたし

築地、布恒更科に蕎麦をたぐる

480
このあつさおもひはつきぢぬのつねにたぐるそばきりさらにしなよし

張博君帰国へのむまのはなむけ

481
張(は)りきりてきたりしきみもいつしかも博(ひろ)くまなびてかへるひとなる

482
ひむがしのみやこにまなびもろこしのきたの京へとかへるきみはも

張君の返し

483
しきしまのみちぞおなじきわかれてもすすまむかぎりいつかあひみむ

またのあした、張君へ

484
かまくらやみぎのおとどのうたごころときはめなむきみぞかしこき（＊423）

岸野寛作の蹲壺を握玩する

485
こつことこづかひためてもとめたるうづくまるつぼこつつぼによし

盂蘭盆の前、松江へ家の整理に赴く

486
やつめさすいづもまつえのたにのおくにわがたましひをしづめむとする（＊215）

487
ちちのみのちちのみことののこりぼねつちにかへししそのはかどころ

488
かにかくにこひしくおもふふるさとはいやけどほにもなりまさるかも

489
やつめさすうなぎにあらぬかばやきをやくものみせに食すうれしさ

注云、東本町、うなぎやくも

490
みをかさねうなぎかばやき食せどもよにおほもりの丼はすさまじ

衣装箪笥から亡父のシヤツを持ち来る

491
いまをさる四半世紀のそのむかしちちにもとめしバテイツクのシヤツ

492
ジヤワ島のそめ工房をおとづれてもとめたりけり更紗のシヤツを

493
ちちゆきてとをとてむとせたちにけりそでもとほさずさながらにあり

494
まつえなる衣装箪笥にたたまれてしまはれたればをりめただしく

495
断捨離とおもひきられずもちかへるX-large きるうべければ

496
ふるさとのおひそだちたるいへなればなにをすつるもこころいたしも

497
やつめさすいつもおもへりふるさとはみづのほとりのくもわくところ

498
みわたせばしじみかくふねうかびゐるしんじみづうみみなもなぎたり

鰻

499
かばやきのうなぎくひたしさかなやのお客のなかにかをかぎにいく

500
かにかくにうなぎはこひしさかなやののきしたあたりにほひながるる

注云、石川啄木歌

501
いしばしをたたきわたればえどがはのはしもとになほうなぎやはあり

注云、吉井勇歌

502
うなぎやとめにはさやかにみえねどもやくにほひにぞおどろかれぬる

注云、石橋、はし本は、鰻の名店

503
重のねもうなぎのぼりになりぬればたみのくちへはやすくいるまじ

注云、藤原敏行歌

八月中旬、米国イリノイ州へ赴く

504 ひさかたのアメリカ国へおもむかむいそぎをはらぬ盂蘭盆のいり

505 あすはいざ太平洋をこえゆかむにもかかろがろとただみひとつに

506 シカゴにはアル・カポネまだゐるかもねとおもへるわれはいつのよのひと

507 ひさかたのアメリカ国につきにけり十一時間あまりののちに

508 午後五時のなりたをたちておなじひの午後の三時につくくすしさよ

509 シカゴなるそらのみなとは御室（おむろ）かとおもへどさあらずオヘアなりけり

510 みわたせばほかにはなにもなかりけりただはてしなき唐きびばたけ

511 イリノイの大地うるほすよるのあめにはてなきコーンばたけはみのる

512 いまははやあきにイリノイ唐きびのほのへふきならしかぜわたるなり

513 ひさかたのアメリカあきにイリノイのあつさをのこすせみのもろごゑ

ふと

514 いにしへのかしこきひとののたまはくまろきたまごもきればかどたつ

515 くもひとつなきあをぞらにひはてりてかぜだにふかずかなしかりけり

京都大学文学部・文学研究科にて集中講義

516 かにかくにみやこはこひししらかはやきよきせおとのかよふまくらべ

注云、吉井勇歌

517 しきしまのうたまなびにとつどひくるわかきひとらはかしこかりけり

518 むまのときつぐる時計のかねのねはよしだのやまへひびきゆくなり

519 時計台のかねのひびきにうながされて総長カレーといふをたのみぬ

520 なすべきをなしをへつればくたびれてマルシン餃子くはむとぞおもふ

521 むぎのさけひと瓶あけて餃子くひかたやきそばにはらをみたせり

蝉の死骸

522
みわたせばはなももみぢもなかりけりただあふむけのせみのなきがら

注云、定家三夕歌

九月、集中講義のため岡山着

523
のわきすぎてくものうろこをながめつつまかりくはむきびのをかやま

九月四日、中学以来の悪友、石橋一彦君の訃報を聞く

524
とをあまりいつつのときにあひそめしともみまかるのしらせをぞきく

525
やくもたついづもひらたのさかぐらの御曹司とてうまれしきみは

526
悪友のことのはぞげにつきづきしかぞへあぐべきことのかずかず

527
銀座なるささはなにみたりなきともとひとよすぐしきうまさけをのみ

528
われのかかるいたみのかぜのくすしとはわかれしつまぞえにしびとといふ

529
ささなみやしがつのあたりいつかまたあふみとかたくおもひしものを

530
あはれあはれかなしもかなしおにの籍にいるともがきのかずぞそひゆく

531
しんじ湖のほとりにうまれあふみなるにほのうみべにいのちをへしと

532
ふるさとのしじみそなへむうつぷるいののりもそなへむとものみたまに

注云、十六島産岩海苔

533
かぎりなくかなしかりけりはてもなくむなしかりけりおくれしわれは

昼飯

534
わりごそばみかさねたぐるなまたまごからめくふひはふるさとおもほゆ

535
おちやらけにあらずお茶づけさらさらとおなかははるのをがはながるる

沖縄へ

536
しらくもはかなしからずやそらのあをうみのあをにもそまずながるる

注云、若山牧水歌

537
われはさて安室奈美恵のおつかけできたるにあらずうるまのしまへ

538 おきなはの那覇空港はそのかみの小禄海軍飛行基地なり

539 くもひくきうるまのしまになをしらぬあかばなさきてわれをむかふる

540 オリオンとほしのなをもつビールのみそばをたぐれりおきなはのそば

541 まきしなるいちばへつづくみちはどこかならもちいどのとほりににたり

542 みんなみのうちなのしまになをしらぬきばなさきほこるあきぞらのもと

543 うちなぬののみせにいりたりゆかしくて首里おりといふボウタイをもとむ

玉陵

544 たまうどうん饂飩たまかとおもひしがいしつみあげし王のはかなり

普天満宮

545
みやしろやうしろにうがつ洞穴はゆゆしきまでに石灰のいは

基地、戦跡

546
たまさかにおほきいくさにのこりたるいへにうちなのくらししのびつ

547
しらくももひくきうるまのあをぞらに星条のはた日輪のはた

548
オスかメスかわれはしらねどオスプレイのおほきプロペラまなこにのこる

嘉数高台公園

549
たまあとをたしかにのこすいしかべはまぎれもあらぬいしぶみとなる

550 弾痕もいとなまなまし鉄筋をむきだしにせりベトントーチカ

551 ふるさとをとほくはなれていくさばにいのちををへしひとらありきと

注云、島根県出身兵士慰霊碑あり

中城

552 ふるじろをさながら陣にもちゐたり世界遺産のかたすみなれども

553 ひざかりのぐすくめぐりていつしかもわれくろみたりうるまやけなり

554 あかきしたをのばしてゐたりあかあかやあかあかあかばなのあかきくちびる

注云、明恵上人歌

イチロー似の鎊武彦君と昼を食ふ

555
あつさりの麺にのりたる本ソーキうるまのしまのイチローとくふ

556
ぜんざいとよぶもめづらしかきごほりしらたまあまきまめをあしらふ

沖縄国際大学

557
まなびやに米軍のヘリ墜落す基地のとなりのうつつとしりぬ

市場にて

558
かあちやんのあぢてふみせの天麩羅をともにほほばるわれとイチロー

559
ななそぢのむかしうるまのしまじまをちしほにそめしいくさうらめし

島土産

560 しまみやげシークワーサーのしぼりみづをつはりのむすめよろこびてのむ

561 しまバナナきいろくうれてたべごろとなりゆくあきはかなしかりけり

朝餉の支度

562 あさなあさなおいしオモニのおものづくりおもにならずちをうけしみは

ふと

563 愛されてゐるをたしかめたしかむるこよみかへりしおいびとのさが

娘、悪阻に苦しむと言へば

564 たちいづればはきけもよほすなにものもくちにあはずとつはりはげしき

565 おもざしはなきちちにるあこはらみつはるそのかほにちちをおもへり

566 半々になりもてゆくが遺伝子とおもへばうけつぐなにかしらあり

567 ちちははのDNAをうけつぐやいかに造作をかみのみぞしる

568 ちちははいつしかぢぢとばばになる濁点つきのおいのゆくする

上客たる心得

569 客単価たかくなるべくふるまへばみせのよろこぶ常連となる

570 ひるめしにむぎとこめとのしるをのむひとをおみせは上客とよぶ

戯笑歌

571 あをきめのアメリカ国のお人形あたしのからだああセルライト

注云、童謡、青い目の人形

朝鮮の陶磁器を買ふ

572 ゲゲゲのテ高麗青磁のさらひとつふとあがなへりかぐらざかうへ

573 はなもなきみこみのそこにわをきざむ外連のなさにこころひかれて

574 朝鮮のなまへもしらぬたくみのて造作もゆかしわがたなごころ

575 さらひとつもとめきたりぬ李朝なるぐるぐる文のをかしきあまりに

東京五輪経費、三兆円超と

576
つかさびとたみのみつきをわがものとおもひあつかふいまもむかしも

和歌文学会大会会場にて、同門、福岡女子大学教授今井明氏と会う

577
それぞれのおいをきざめるおもざしをかたみにみつつあはれとぞおもふ

興福寺中金堂再建、落慶法要に三千人

578
たひらけくなるとしのうちにこがね堂落慶す奈良幸福にして

579
平成のとしはみそひとしきしまのやまとのうたのおとのかずかも

580
みそひともじうたにつくればかどのたつあやふきこともおちやらけとなる

娘の孕む胎児

581 百二十ミリの胎児のてのゆびがうごいたとあこラインにしるす

582 てのゆびがとてもながいの胎をすく像のありさまあこつげきたり

望郷

583 くものうへにゆめはありしかふるさとのみづうみのうへにくもはわきたつ

584 はるかにもきたりつるかなやくもかぜふきたつくにをあとにのこして

585 かにかくにまつえはこひしほりかはにみづはながれずとびわをえがく

586 とほきひにみみになじみしうたことばなにの因果かかはいやなうと

注云、貝殻節

587
ふるさとやとほきいづものやすきぶしなみだもよほすやなぎあめかな

大学院の授業

588
ひとひただかたりにかたりわかきらをたたきにたたく教授ぞわれは

589
わかきらをみちびくつとめみにおへばめぐるちしほもいよよわきたつ

590
はしけやしまなびのみちは先学も末生もなくひとしきとしれ

591
アカハラになるかもしれぬならぬかもしれぬとおもひしかるのはよす

注云、俵万智歌、かぜのてのひら所収

福岡の女子大学に、小林賢太君採用内定

592
つくしなるつとめをえたるをしへごをよしなにとたのむつくしのともらへ

593
われにまたはたちみそぢのときはありいとしとおもふまなぶわかきら

594
大学といふところには研究者か政治家となるかみちはふたつか

ふと

595
さもあらばあれとあきらむたらちねのしなぬかぎりはしねぬみにして

我が好物、戯笑歌

596
トンカツをたべたきときにたべらるるみのほどとなるめやすかりけり

597
ずくずくやずくずくずくやずくずくしぐずぐずがすきぐずぐずのわれ

注云、熟柿、本歌は明恵上人

598
おいのみのひとりのむさけとくとくとその客ぶりもいたにつきつつ

紀州、和歌の浦にて

599
しきしまのみちをまなべるゆかしさにたづねいたりぬたまつしまみや

注云、西行学会大会のついでに参詣

和歌山県立博物館に西行展を観つつ、戯笑歌

600
ねがはくははなのしたをばのばしなむそのきさらさらありはせねども

神田神保町の出版社青簡舎にて源頼政論集の打ち合わせ、その後

601
いらつしやいいのこゑにひかれてそばたぐる神田まつやのいれこみのせき

602
そば味噌のつきだしうにとお銚子にのりてもりまつまつやの午後は

603
たのしみはかをりよきそばよきだしのつゆにそばゆをいれてのむとき

注云、橘曙覧、独楽吟

604
たけむらにあはぜんざいを食したりふゆまぢかしとおもふあきのひ

十一月二日、戌歳戌月戌日、娘の安産祈願

605
やすらけくうまれなむとてはらおびを水天宮へさづかりにゆく

606　たひらけくなるてふみよのするゑずゑにうまれむとするかわれがはつまご

607　あきらかになごめるするゑにうまれけりみそぢあまりのははとなるあこ

608　ゆくあきや昭和はとほくなりにけり天保老となるもことわり

注云、中村草田男句

609　いまはなきちちのみこともむまごえていかにうれしとおぼしけむかし

610　ひとのよやいやつぎつぎにおもふこといくよふるともかはらざるめり

611　ひとなみにしあはせたりとおもふひのあきぞらあをくたかくはれたり

612　いぬのとしいぬのつきかついぬのひに安産いのり寺社をめぐりぬ

613
おもひきやちちたるわれもぢぢとなりははばばとなるひにあはむとは（＊568）

信州田沢温泉、ますや旅館に宿泊

614
みすずかるしなのたざはのゆのやどにいくるちからをますやめでたき

妻と

615
かれはまふまちをあゆめばそのかみのことはらはらとおもひいでらる

616
さしむかひつまとものくふをりをりもいつかはをはる期にあふべくも

617
たまきはる一期一会とイチゴはむショートケーキのいのちみじかし

望郷

618
ふるあめはをやみだにせずやまかげやみづのみやこのまつおふるえに

老母の朝餉支度、いささか戯笑

619
やくもたつやくもにものもいろ味よくいつもしたたむあさめしのまへ

620
そのくちをかたくとづればどろすなもはかぬしじみにしみじみ苦労す

老母へ呈茶

621
たまはれるずくしを菓子にくさのめをみづからたつるふゆのあしたは

622
こまのくにはなのうつはにさだすぎしきもりのずくしもりてをかしも

623
たか七のすずしろ天をはむときしわせだ教授となれるしあはせ

幸福

注云、夏目坂上、天麩羅高七

624
かへりごとえられぬをとこ伊勢集のうたのはざまにこころおもひぬ

伊勢集

625
わかきらとよむ伊勢集ぞおもしろきつよきをみなのうたのかずかず

塚本邦雄の歌から

626
いにしへの皇帝ペンギンこペンギンそのペンギンもおいにけらしも

冬至、妻、還暦の誕生日

627
ふゆいたるけふぞすなはちわぎもこがこよみのかへるひにこそありけれ

家の整理のため松江へ

628
しみじみとしじみのしるをすふときしみにしみしみてまつえうれしき

（＊025 233）

629
天守閣めにいるいなやなつかしきおもひみぬちにしみとほりたり

630
電線にきりさかれてもやなみごしにちどりおしろはおほきくそびゆ

631
やくもたついづもうなぎの蒸籠むしゆげたちたちてこころもぬくし（＊489）

注云、東本町、ぅなぎやくも

632
をさなきひ像はなかりき台のぅへにのぼらまほしくおもひをりしが

岸清一銅像

633
ぬばたまのこゆゑのやみかまごのしとにぬれてよろこぶ御堂関白

大晦日、来春祖父となる身

634
うまさけやみわとなづくるむすめあればなにをのみてもうましとぞおもふ

注云、紫式部日記

二〇一九年

元旦

635
はつはるのかどをかざれるまつたけにまつだけ無駄とおもはざらなむ

二日朝、十六島産かもじ海苔の澄まし雑煮を祝ふ

636
ふるさとをすてつるははにふるさとの雑煮のあぢはいかがならむか

調神社へ初詣

637
こまいぬにあらずうさぎの参道をまもるうらわはつきのみやしろ

文部科学省大学改革基本方針を聞きて

638
つかさびとみちあやまてることをおほみわがひのもとぞうしろめたなき

老母朝の散歩、野良猫寄り来る

639
おいびとのあさの散歩をさきだちてみちびくねこのしぐさをかしも

三月十一日、松江に亡父の十七回忌を営む、喜庵にて呈茶を受ける、床は不昧公書状、菓子は三英堂製四ケ村、空家を平田江美氏に貸しゲストハウスに改装、茶室を母の名和喜子にちなみ喜庵と命名、すなはちゲストハウスの呼称となる

640
めさましのくさをするとまつのえのそのなゆかしき菓子をあぢはふ

菩提寺山門前に立つ杉の古木、三月十五日に伐採と聞く

641
たにのおくきはまるやまのかどにたつももとせのすぎきられむとする

642
萬(よろづ)よの壽(よはひ)なにおふみ寺(てら)だに諸行無常のなみだかかれる

出産間近の娘と食事

643 それなりのとしかさねぬるあこのみにむまごやどるときくがうれしさ

老母の朝餉に、土筆の炊き込み御飯を作る

644 みにまとふはかまをぬがせあくをぬきてまひまかけてこころつくしぬ

645 まつのえにむまれしひとのあさげにはしじみのおつけのやきかまぼこ

四月二十日、萬壽禪寺に三春千年桜の苗木が植ゑられたと聞く

646 みはるかすちとせざくらをうつしうゑつよろづのよはひおふるみてらに

（＊641 642）

平成三十一年四月六日、初孫誕生

647
あこのはらをうちよりけりしみどりごはうまれいでたりいやすこやかに

648
いたきまでしろくれなゐにさくはなははつまごえたるいはへるがごと

十日退院、母子実家へ来る

649
おほいなる類型にこそわれがちのうけつがれつとおもふくすしさ

十一日

650
みそあまりひとつにちなむみどりごにやがてなづけてやりたかりしが

651
ちもたりてまづつつがなくおひそだつみどりごみればうちゑまれつつ

十二日、お七夜、命名

652
ちちのみのちちのなのりは太樹なりされば樹とおききをつかひたり

十九日

653
ちちをすひゆばりをいだしばばたれていよよおほきにおほしたてなむ

二十二日

654
すねながきあがはつまごはまつろはぬものとしてよにうまれきたるや

注云、記紀、長髄彦

三十日、娘が嬰児に乳を授けるを見て

655
このこいかにおほしたてむとあれやこれとなやみなやみしことおもひいづ

656
このためにこころくだくはひとのおやのなべてのこととおもふものから

令和元年五月四日、娘と孫、実家に滞在中

657
いへぬちにうばとおほぢとことまごとそれぞれはもゐるぞうれしき

658
たのしみはゆぶねにまごをつけささへむすめとふたりみをあらふとき

注云、橘曙覧、独楽吟

十一日

659
四世代ひとつやにゐてすぐすひはしあはせたりとひとにいはれつ

十二日、お宮参り

660 いにしへのイニシエーションはつまごのはつみやまゐりけふしをへたり

661 ひとつきに九百グラム身長は九十ミリもふゆとわがまご

662 つぎなるはももかのいはひおくひぞめパリ祭のひにあたるといへり

663 すねながくむまれいでたりQuatorze Juillet にいはふあなつきづきし（＊654）

664 あがまごはながすねひこかまつろはぬものとしてよにむまれいでけむ（＊654）

十三日昼、早稲田、汐見のカウンターにて

665 冬瓜のはつものといふわれまごをいだくがごとくもちいだしたり

十六日、娘、婿、新生児は新居へと移る

666
むまれいでてひとつきともにくらしたるまごやどをさるそのひきたれり

667
をさなきひきのつらゆきはあこくそとよばれけりてふむべしとおもほゆ

668
ちちをすひゆばりをいだしばばたれていよよおほきくそだてあがまご（＊653）

次の朝

669
みどりごのなくこゑたえしわがやどはあはれさびしといふもさらなり

改元の日

670
改元のひのあかつきもエンジンをひびかせてゆくごみ収集車

671
あたらしきみよはじまるといひながらきのふにかはるなにごともなし

672
けふよりはおりゐのみかどおはしますやしまとなれりながいきのくに

673
平成と令和をつなぐ一本の棒のごとくもはらわたのくそ

674
いちもつは荷物とこそはおもひなせとしかさぬればつかひみちなし

675
みよはじめなにをのぞむとなけれどもよもになみかぜたたずもあらなむ

ホーランエンヤ

676
あすしらぬおいのいのちにととせのちこのかみごとをみるべくもあらず

述懐

677
きのふけふははのあさげのしなかずにこころつくすはせがれなりけり

678
おいびとにゆめものぞみもなけれどもしぬるまでいきておやをやしなふ

679
釈迦牟尼はうまれやまひておいてしぬよつのくるしみときたまひけり（＊034）

680
どこまでもつづく線路になにごとかかこたむとするゆめもなきみの

ホーランエンヤ終わると

681
しろやまのいなりのみやのふなまつりをへてしづけしまつえのまちは

六月九日、出雲屋敷にて講演、松江喜庵に前泊

682 ふるさとはまつえのしろにほどちかきゲストハウスとなりしわがいへ（＊640）

683 五十年ははがながめてやすみをりし天井いたをみつつねむれり

684 そだちたるいへのしなじないくばくをさながらいかす昭和の家屋

685 二階には炉をみつきれりかべどこの稽古茶室もさながらにあり

686 東京へいづるときまでねおきせし三畳のまはなつかしきかな

687 しみじみとなみだもよほしなかれぬるわれがそだちしふるさとのいへ

688 なきちちが一糸まとはず風呂場いでてねやへあゆみし廊のいたじき

689
さきつたびの東京五輪このいへにカラーテレビの行進をみき

690
いもうとはむまれてゐたりあやまりて落下せしまどのふちべをなづる

691
ダイニングキッチンの卓にパソコンをするゐかきすすむ定家の論を

692
あがつまはやすいをなせりふるさとにわれがこころはやすからなくに

今年は盂蘭盆に帰省せず

693
ちちのみのちちのみことのおくつきをおもひやるひはこころさぶしも

694
ときはなるまつえみづうみのどやかにうかべりよめがしまのとりゐは

九月十三日、仲秋の夜、老母緊急入院

695
腎臓がぺらぺらといふぺらぺらのうす断面を医師はゆびさす

696
肺にみづ心臓肥大弁すでに石灰化してみゆとつげらる

697
さまざまに不具合ありとわがはは上皇陛下におなじよはひぞ（*036）

698
すみやかにいとおほきなる病院へてづからいれぬしあはせたりや

699
よのなかにさらぬわかれのなくもがなとなべてのひとのこにはかはらず

注云、伊勢物語第八十四段

700
病室に母置き去りて秋の月

病院通ひの日々

701 しぬるまでひといくるよりほかなしとなべてのことをおもひしりぬる

702 いつかゆくよみぢとおもふひととしておもむかざるはたれもなければ

703 てはつくすされどもかぎりあることとつれなきこゑに医師はいひすつ

704 のどふかくくださしいれてめをとぢていとくるしげにいきづくははは

705 かたはらにゐるも詮なしはやかへれしらせをまてといふにしたがふ

706 たらちねのははしにたりとつげくるをただにきくべきスマートフオンか

707 しかけたるマナーモードをとりはづすゆゆしきしらせきかむがために

708 やそとせにむとせあまれるおいびとのいのちのほむらきえゆかむとす

709 まくらべにスマートフオンの着信音最大にしてねむらむとする

710 かくしつつねむりにおちてそのままにめざめざりせばこころやすきか

711 しらせなしことなかるべしひとのこはひとへにいのるほかてだてなし

712 よよの集の哀傷の部にあつめたるうたのこころをありありとしる

713 業平も茂吉もかくやおもひけむするするうたはくちつきていづ

714 病棟のまどよりみゆるをがはにはかめおよぎをり万歳のかめ

715 意識なく人工呼吸器とりつけてこを危篤とはいふにぞありける

716
こはしかしなべてのこととおもひなさむなべてなべてのひとのいきしに

717
病室は祇園精舎の無常堂寂滅為楽とブザーなりひびく

718
すな時計のすなおちつくすそのまぎはあめつち逆になさましものを

719
病院食樹脂のうつははあぢきなし李朝三島の皿ならざれば

720
下手(げて)なれど志野のこざらにもりつけてははのおものとなさましものを

721
ベルトコンベアーのごとし完全看護しにゆくこともすべてシステム

722
心不全呼吸不全とかかれたる書面もらひていへにかへりぬ

723
連休は主治医もゐねばあすまてといはれむべしとかへりきたりぬ

724 わがおほぢみまかりしよるうからやから釈迦入滅のごとくつどひき

725 さびしさのこみあげたればわきにふすつまのからだをいだきしめたり

726 まだしなぬははをうたへばはやばやとくやみをおこすひとありをかし

727 ちよちよとみのむしならずなりひらのははをしたひていとぞせつなき

注云、枕草子、伊勢物語

728 病院へむかふ経路をいくたびもゆきもどりつつそらにおぼえぬ

729 肺臓にたまれるみづをぬきとらばめざむることもあるのかしらむ

730 かくて死にちかくさまよひこときれずしぶとかりけり昭和八年

731 なぐさめのメールをおこすふるきともはふたりのみおやみとりきといふ

732 ひびのあさげしたためおけどははゐずてもち無沙汰のあきのつとめて

733 冷凍のやまとしじみのかひおきもあはれむなしくならむとするか

734 貧血によきとおもひてもとめこしレバーブルスト二本のこれり

735 ちからなく法師ぜみなくくさむらにむしのねすだきあきもふかまる

736 いへまはりあさのつとめにはきをればははゑづけたるねこはよりくる（＊639）

737 なりもよくあさげのたまごやきあげてははゐぬいへのひとひはじまる

738 ときはなるまつえびとははめすべしとたくはふるしじみかひなくなりぬ（＊733）

739 かくのみにありけむものをかくのみにありけるものをかくのみにあり

740 ことわりや入院病棟一階にしつらへてあり霊安室は

741 そのをりははこびいだすに便ありて霊安室をこの場所におく

742 ふるさとにながくのこせしははなればみとせの孝をつむがうれしき

743 みみとほきはははにはあれどいままでにほけしることもなきはしあはせ

744 たまきはるいのちつくつく法師ぜみよさむとなりてけさはきこえず

745 あれこれとゆゆしきことのうかびくるわれがこころのあさましやはた

746 月内の介護計画キャンセルの意向ケアマネージャーにつたへつ

747
二時半にこよとの指示を主治医より看護師介しいひおこせくる

748
ただひとりちもてつながるいもうとにともにゆかむといざなひてみる

749
楽観も悲観もいまはなしがたしなるにまかするほかてだてなく

750
しにたまふははのうたうたよみかへしむべむべむべとおもひやるけふ

注云、赤光所収

751
たましひのわがみにそはぬなげきとて定家ははの死をうたひけり

注云、名号七字十題和歌

十九日、やうやく主治医より説明を受ける

752
こまごまと経過不具合うちしめすただねむごろにいたつきたまへ

753
としたけてひとあしづつにせまりくるさらぬわかれをおもひとけとか

754
主治医師はをひとおなじき病院に研修の日々すごせしといふ

755
お医者とは学閥つよきものならしいとにこやかに名刺くれたり

756
いささかはこころをやりておもひけり信おくにたる主治医とはみゆ

売豆紀神社より、病気平癒祈願の玉串届く

757
やくもたついづもまつえゆたまぐしはまもりたまへよわづらふははを

758
なきちちのうまれたまひしよこやなりめづきやしろのみたまのふゆを

注云、出雲国に社家を横屋とぃふ

759
かみづかさいとすみやかにわがははをありがたきかないのりたまふと

760
ひさかたのあめのしたてるひめがみよはらへきよめてさきはへたまへ

注云、売豆紀神社祭神は下照姫命

喜庵を想ふ（*640）

761
とつくにのひとにすすめよめさましのくさたてのむみちのゆたけさ

762
ひびははのめさましぐさをたてきたるかこひいかさるありがたきかな

注云、かこひは茶室の意

二十一日

763
けふあすにしなむとおもひしたらちねもいましましくはながらふとみゆ

764
めはあきぬ人工呼吸器はづさむと主治医のいへばたのまるるかな

765
ふるさとにをろがむふだもとどきたりかみやほとけのしるしをとおもふ（＊757）

二十二日、娘見舞ひに来て、嬰児の写真を示す

766
まごむすめしめすひまごの写真みてめをほそめたりベッドのははは

二十四日、容態急変の報せあり

767
三十分以内にこよといはるるもしぶとかりけり昭和八年（＊730）

768
ゆびさきはすでにつめたくなりぬればおほぢの最期おもひいでたり

769
研修医たるをひきたり重篤とつれなきかほにいふもたのもし

770
安定すいまはのときはしらすべしなすこともなしいへにかへりぬ

771
もはやははのおものとならぬ食材はやぬちふたりでたべてしまはむ

二十五日

772
いまかいままつによびだしこぬままにこのあかときもあけなむとする

773
あたたかきちのかよひたるつまのてをともねのとこににぎりしめたり

774
きかまほしくつたへまほしきことごとのあれこれのこるあれやこれやと

775
ひをかへすあふぎはあらずむべしこそいまあかときのひのいづるまへ

776
たらちねのははしにたまふ期はちかくホームページに葬儀社さがす

777
論文の査読とほるとしらせこし研究生は僧侶なりしか

注云、研究生は金子英和君

778
野良猫をラノとよびははゐづけたりあさの散歩のおいの諧謔（＊639）

779
ひるまへに会議ひるより教授会よるは理事会みをいかにせむ

二十六日

780 いぶせくもこころやるべきさけのまずくるまうごかすまうけのために

781 おいびとのしぬはなべてのことなれどなべてのことにちがひなけれど

782 会議をへてははのもとへといそぐなりかほでわらひてこころでなきて

783 めをあけてうごかすあしをなづるときもちよさげにいろはみえつつ

784 酸素濃度百パーセントいつしかも三十パーにおちつきてをり

785 病室は祇園精舎の無常堂かねにはあらずブザーひびけり（＊717）

786 わがうたをよみてくやみをおくりくるひとまたありてをかしかりけり（＊726）

埼玉県本庄市、吉田信解市長より見舞ひの御歌を賜る

787
あめつちもいかでなかずやたらちねのははへのおもひひとすぢのうた

返し

788
おいびとのしぬはなべてのことなれどこにはなべてのこととおもへず

二十七日、秋学期授業開始日

789
たてての むつめのご銘はばばむかしははつかはざるたはら茶盌に

790
病院の案内ばかりはられをりさくらトラムの車中広告

791
むべしこそ庚申づかのある路線生病老死南無阿弥陀仏（＊272）

二十九日、容態急変

792
蟋蟀のよわるがごとくいきのねもちからぬけゆくしに支度かな

793
モニターの数字の意味もときがたくただそのときをまつばかりなり

794
ありありと死相みとめてまくらべにただたらちねをみとるいまかな

795
しなむとするははのみかほのいとしくてひとさしゆびのはらをあてがふ

796
鷗外のごといづもびと和顔妙喜とて死せんことはた欲するや

午後六時十六分頃心臓停止、六時四十三分死亡確認

797
心臓のうごきをしめすなみのかたちなみうたずなりてははしにたまふ

798 ははしにきよはひ相応わづらひて最期はすうつとしにてゆきたり

799 ひとしぬるまぎはのかほをまぢかくもみとどけてけりまじろきもせず

800 ははしにきこころのどこかわだかまることもおちゐてのどけかりけり

801 てぎはよくしびとのからだきよむてふあわててたのむいればいれてよ

802 たらちねのいればをいるる呼吸器にあれたるくちのはたはいたまし

803 みとせたらずははしたたむるいそぎしてやしなひえたることはうれしも

804 戒名も位牌もはかもかたびらもかねてまうけのまけのまにまに

805 わがつまの恩師におなじ命日となるもくすしきえににぞありける（＊308）

火葬の打ち合はせ

806
火曜日のあさ一番のかまならば予約可能といへばうべなふ

807
ベリーレアレアウエルダンとやきかたに等級ありや冗談まうさず

注云、消費税率、十月一日より一割に

808
消費税あがらぬさきにみまかりて葬儀費用はみつぎ一割

三橋太輔氏より弔問歌

809
やき加減みなばむくろははひになるほねに敬意をはらふ師のわざ

返し

810 はひとなる諸行無常のなりゆきにいささかハイになつてゐるわれは

また三橋氏より

811 おぼえあり喪主のかなしみさておきてひとつきたたばわきいづるもの

銚子市在住、清谷千郁氏より弔問歌

812 ひとのみにさらぬわかれときさつれど愛別離苦はなほぞかなしき

返し

813 なくもがななくもがなとぞおもひこしなくなくおくる愛別離苦ぞ

また清谷氏より

814
ひをもちてけぶりとなりてかへるらむひがしのはてゆ念仏まうさむ

返し

815
西方の浄土へとむかふたらちねにおひかぜおくれ調子よろしく

注云、調子に銚子を掛ける

八條基忠氏よりの弔問へ返し

816
たかだかも孝とはるるいはれなしなべてのつとめおやのこなれば

逝去翌朝

817 ははのためおもののつくらぬつとめてもまづはききよむいへのめぐりを

818 けふもまたのらねこラノはよりきたりははしにたるをとぶらふごとく（＊778）

819 よべのうちにははしにたればけふのあさ一時限めの授業いそぎぬ

820 とどこほることひとつなくくゆることおもひのこせることなにもなし

十月一日朝、浦和斎場へ、旋頭歌

821 はなのなき　にはのあぢさゐ　おもひいであり　たらちねの　ひつぎにいれむ　はのみなれども（＊224）

茶毘に付す

822
茶ずきびとははなりければひとともとの茶杓ひつぎのむねのうへにおく

823
たくひれのしろき遺骨はことごとくしろきみつぼにをさまりにけり

824
骨壺をもつてはたゆしたらちねのやそとせあまりいきしおもさに

皇學館大學准教授、瓜田理子氏よりの弔問へ返し

825
つるくびやめさましぐさをすするときこころせよとのことばわするな

火葬翌日大学へ、襟に淡水真珠のピンバッヂを刺す

826
しらたまやなみだのつゆぞえりにおくははみまかりていくかならねば

和歌文学会大会に参加、奈良へ

827
いまはなきははわれつれてこしならのあかはだやきのかのこざらはや

828
えきまへに温泉つきのやどとりてのちのみわざのつかれいやしつ

829
大投手金田正一なきははにみかさきうまれなぬかおくれ死す

注云、一九三三年八月一日生まれの金田正一、十月六日死去

830
たらちねのははのかたみのかはら数珠てくびにまきてりんだもぢるひ

大学院研究生金子英和君より、弔問の詠名号七首歌（＊777）

831
ながつきのするにぞきみのたらちねはたびだちたまふきみにみとられ

832
もるるなみだひとつひとつにこめらるるははへのおもひふかくもあるかな

833
阿弥陀仏のくにへといそぐきみのははきみのいのりにささへられつつ

834
弥陀の慈悲さふるものなしやすらかにいたらむことのたのもしきかな

835
たへがたきかなしみおしてまなびやにおもむくきみのこころづよさよ

836
ふかからむははへのおもひいかばかりひびかしづけるこころたふとし

837
つひにゆくほとけのくにには倶会一処ふたたびまみゆはなのうてなに

返し

838
ながつきやうまれやまひておいてしぬるひととあきとのわかれなりけり

839 もれいづるなみだのつゆのおくつきにをさむるひまでいのりつづけむ

840 あなうれしほとけのみてにすくはれてはすのうてなへはははのいたれば

841 みづからはなごめるかほのたへにしてよろこぶといふなをばおひけり

注云、亡母の戒名は和顔妙喜大姉（＊796）

842 たましひもわがみにそはぬなげきとてさだいへのきみうたひたまひき（＊751）

843 ふかくしてくらきかはありわたしもりははわたしてよこころやすけく

844 つきかげにたとふるさとりえてしがななもあみだぶつなもあみだぶつ

注云、名号なもあみたふつ七字を歌頭に置く七首贈答

母の居ぬ日々

845 ちちのみのちちめでしはぎのこ茶盌にたらちねしのびくさねりてのむ

846 たらちねにそなふべしとてやまがたのふるきゆかりのいももとめくる

注云、在来種、甚五右ヱ門芋

847 ははのめをよろこばしめむともとめおきし志野のこざらにいちぢくをもる（＊720）

学部卒業時、島根県高校教員採用試験に合格、しかし大学院進学を選ぶ
もし就職を選んでをれば、郷里に父母を看取ることとなつただらうか

848 しまねなる高校教師となることをあのひあのときえらばざりけり

十月十三日、筑波大学教授石塚修氏、銘茶天授を賜ふ

849　あさごとにきのめたてつるたらちねのははとわかれしひとのこころは

返し

850　ひさかたの天(あめ)より授(さづ)くめさましのくさをばたててははにそなへむ

851　のちまごにかたりきかせむめさましのくさをねるときおほばのむかし

十月十七日、ワシントン大学、ポール・アトキンス教授より

852　たらちねのははのお世話をなしきたる孝子のてさへなきがかたみぞ

返し

853
ははそはのははにおくれぬよのなかのなべてのこととおもふものから

感慨

854
あらたまのとしのみとせはながからずみじかからずとおもひなしぬる

十一月二十三日、納骨のため松江へ向かふ

855
ははそはのほねをさめむとときはなるまつえ萬壽のみてらへとむかふ

856
いそとせをねおきせしやに納骨のまへのひとよをおくらしめたり

857
やそあまりむとせの生の意味をいまくまぐままでもおもひときえたり

858
ものごころつくにさきだちしくまれしさだめはたしてみまかりぬははは

母の手記

859 かたづけを託せしひとのとりおけるははがむかしの手記てわたさる

860 警察に補導されたる中学生われをきづかひしたためにけむ

861 おやとおやのはなしあひにて人形のごとく養女にもらはれたりと

862 ままははとからかはれたるものごころつきたるのちのいぶかしきひび

863 真実をしらまほしくてこつそりと戸籍しらべしあとの落胆

864 過去はとはずいまよりさきは全心をかけしあはせにならむとおもひき

865 宿命はかふべからずも運命はきりひらくべくさとりえたりと

二十四日、納骨

866
たらちねのいきこしつきひやそむとせうきにたへけるみのためしかな

注云、下句、藤原定家詠名号七字十題和歌述懐第一首に同じ

（歌集完）

あとがき

二〇一九年九月二十九日、肺炎のため八十六歳で逝去した実母福間和喜子を、介護し、看取り、松江の寺に納骨するまでの日々にものした歌詠をまとめたものである。この間、ひとり娘の結婚、出産、そして改元などの出来事もあった。

私は平安時代後期〜鎌倉時代を中心とする和歌の研究者であるが、もとより歌人ではなく、その駄詠なぞは所詮、もの笑いの種にしかなるまい。歌を作れば脳内に蓄積された和歌や古典、古文が自然と絡んでくるし、江戸時代の人が読んでもわかるように詠むというのがいつしか詠作の基本方針となっている。はたまた、最も尊敬する歌人は明治天皇という仕儀。しかし、この小さな定型の器に盛った折々の思い、心は、にわかに捨て難く思う。けだし、歌とはそういうものなのであろう。

ほとんどは独詠だが、中に贈答もある。戯笑や狂歌もあり、歌体も発句、長歌、仏足石歌、旋頭歌（平安式）などなど、およそ世の常の歌集とは趣が異なる。心にうかびくるよしなし歌を、そこはかとなく書き付けた、言わば異形、異端の私家集だが、いとものの狂おしく思うものの、それもまた、一興ではないだろうか。

私の母福間和喜子は、一九三三年八月四日、兼築美治・スヱの末子第五女として、松江市母衣町に生まれた。兼築家は松江松平藩秩禄処分の記録を閲するに、徒十五石四人扶持という軽輩であったが、江戸末期に良介が再興、良介四男美治が跡を継ぎ、さらに美治次男栄治（和喜子の兄）が本家を継いだ。いっぽう、良介には庶子まさよ（政代、政與と記す資料も存する）があり、まさよは福原筆四郎との間に久子・富男をなしたが、一九一六年、子らとともに兼築分家を立てている。

ところがまさよは一九二八年、富男は一九三〇年に死去、松江市奥谷町にある兼築家菩提寺萬壽禪寺に建てられた分家の墓と位牌とは、一人残る久子が負うところとなった。その久子は、一九三四年三月十四日に松江市議会議員を務めた福間春信の後妻となるが、同日、生後七ヶ月の兼築和喜子は、春信・久子の養女となっている。

春信には死別した先妻テツとの間に長女があった。したがって久子を後妻に迎えるに際し、兼築分家の祭祀を将来継承する種子として、兼築本家から、生まれたばかりの女児（久子には従妹となる）を得て、養女にしたものと考えられる。和喜子は後に、「まるで人形のように貰われた」と、この時のことを叙している。長じて和喜子は、松江市雑賀町に鎮座する売豆紀神社の宮司谷本清興次男の清造と結婚するが、その入籍届は長男信行（つまり私）が生まれた二日後に出されており、同日、清造は春信・久子と養子縁組、つまり和喜子の婿養子となった。養子となることに、ぎりぎりまで抵抗していたのだろう。清造・和喜子は福間分家として、南殿町の本家宅から、北殿町に家屋を与えられ独立した。

福間本家宅の裏、かつて幼少の私を含め福間分家が寄住していた部屋には、なぜか仏壇が設けられていた。福間本家の立派な仏壇は、家の表の部屋にあった。そして北殿町に移った福間分家は、兼築分家の位牌を祀り、萬壽寺にある兼築分家の墓勤めを続けた。すると、本家の裏の部屋にあった仏壇とは、兼築分家の位牌を仮に祀るため春信が設けたものと推測される。以上の経緯が意味するところは、福間分家とは、実は、兼築分家再興のためのダミーであったということである。福間家の菩提寺は浄土宗信楽寺だ、清造・和喜子ともに萬壽寺で修行し生前戒名を受け、死後は、萬壽寺の永代供養塔に入ることを選んでいる。

私は高校二年だった一九七三年十月一日、突然、実祖母スヱと養子縁組し、兼築信行となることを久子・和喜子に強要され、しぶしぶ承諾した。福間分家の長男である自分が、何故いま姓を変える必要があるのか、まったく理解できなかったが、その日はまさに、スヱが死去する当日なのであった。兼築の本家筋は愛媛県松山市に移住しており、スヱは萬壽寺下に居を構える和喜子の姉勝部治代とその夫秀明夫妻に扶養されていた。これは、私の姓を兼築へ変換する実にきわどいタイミングだったことになる。後に私は久子から、松江市東津田町（東光台）の不動産を贈与されたが、兼築分家の祭祀を継承する者に付嘱する財産として、久子が春信から相続した不動産を当てたものと考えられる。所有名義は私になったものの、私には東光台家屋の合鍵さえ渡されず、その管理と利用とは専ら和喜子が行った。生存中の和喜子は、兼築分家の管理者たるを自認し、振舞っていたことが明らかである。

私は大学院生の時に結婚し、教員を職とし、娘を一人儲けた。娘が嫁に行けば兼築姓もそれまでと諦念していたが、娘は相手と相談のうえ妻氏婚を選び、兼築姓を継承した。そして和喜子の曽孫となる長男が生まれた。和喜子は曽孫を抱き、また入院後、最期の床にあって、孫娘が示す曽孫の写真をながめやりながら、莞爾として息を引き取っていった。

このファミリーストーリーの主軸は、兼築分家を負わされた福間久子の執念ということになるだろう。そして、その運命、使命を受け入れ、完遂させたのが、すなわち亡母和喜子一生だったということになる。

贈答の詠を収録させていただいた方々、詞書や歌中に名前を出すことお許しいただいた方々を、左に記して深謝申し上げる。（五十音順、敬称略）

ポール・アトキンス　石塚修　今井明　瓜田理子　鎊武彦　金子英和
兼築太樹　兼築弥和　小林賢太　清谷千郁　張博　西尾慎太郎
野本瑠美　八條忠基　平田江美　御手洗靖大　三橋太輔　吉田信解

歌集を編むにあたり、佐佐木幸綱先生、佐佐木頼綱さん、俵万智さん、中村佳文さんからアドバイスやご協力をいただいた。とくに俵さんからは、過分な推薦の辞を頂戴した。なお妻坂本清恵には校閲の労を煩わせた。

収録した所詠は、Facebook上に詠み捨て、また取り交わしてきたものである。母の没後、仮にまとめておいたのを、故松野陽一先生を偲ぶ集いが開かれた折、たまたま隣席に座った花鳥社の橋本孝さんにかくかくとお話したところ、原稿を見せよと言われ、こうして亡母の一年忌に刊行のはこびとあいなった。橋本さんに、満腔の謝意を表したい。

亡母　福間和喜子

兼築信行（かねちく　のぶゆき）

一九五六年六月二十八日、島根県松江市生まれ。

早稲田大学第一文学部卒業。同大学大学院文学研究科博士課程後期中退。

現在、早稲田大学文学学術院教授。

専門は日本古典文学、和歌。

歌集　改元前後　2016-2019

初版発行日　二〇二〇年九月二十九日

著　者　兼築信行
装　幀　山元伸子
発行者　橋本　孝
発行所　株式会社　花鳥社
〒一五三―〇〇六四
東京都目黒区下目黒四―十一―十八―四一〇
電話　〇三―六三〇三―二五〇五
ファックス　〇三―三七九二―二三二三
振替　00120-6-767993
https://kachosha.com/

印刷・製本　太平印刷社
乱丁本・落丁本はお取り替えいたします。

ISBN978-4-909832-26-9